Koko and the wicked cat
And The battle against the covid-19

Koko et le Méchant Chat
Et la bataille contre le covid-19

Bilingual English/French
Bilingue Anglais/Français

KoKo

Pollux

Le Méchant Chat

Sylvia Floriane

Édition : BoD – Books on Demand, info@bod.fr
Tél. : + 33(0) 1 53 53 14 89
Impression : BoD – Books on Demand, In de
Tarpen 42, Norderstedt (Allemagne)
Impression à la demande
ISBN : 978-2-3224-3497-8
Dépôt légal : Octobre 2022

By the same author / Du même auteur

Koko the sparrow and friends 2006
Koko spreads his wings 2008
Koko et George Sand 2009
Koko and Father Christmas 2009
Koko and the Queen of England 2010
Koko le moineau 80 jours autour du monde 2011
Koko the sparrow 80 days around the world 2012
Demain si c'était vous 2012
Mister Pip's holiday in Cannes 2013
The next door neighbour 2014
Koko and Mino 2015
The encounter/La rencontre 2016
Koko discovers the Island of Jersey 2017
Koko and Tom in Zululand 2019
Koko and Baloo the naughty dog 2019
Un viager C'est le bouquet 2021
Koko and the wicked cat 2022
Koko et le méchant chat 2022

Part 1.

Koko and the wicked cat – page 6
Koko et le méchant chat – page 7

Part 2.

The battle against the covid-19 - page 120
La bataille contre le Covid-19 - page 121

Paris France – Varna Bulgarie

Koko and the wicked cat

Koko the sparrow

It was a nice day. The sky was blue and the sun was shining. Koko the little sparrow was at the airport. He flew away and landed on top of a huge pile of suitcases. Suddenly, he was thrown in the middle of the luggage about to leave for Bulgaria. Koko had never been to this country so far away from Paris where he lived.

Koko et le méchant chat

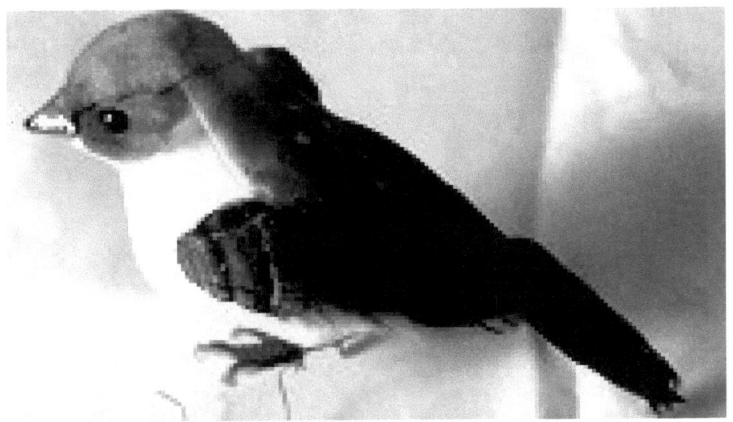

Koko le moineau

C'était une belle journée. Le ciel était bleu et le soleil brillait. Koko le petit moineau était à l'aéroport. Il s'envola pour se poser sur un énorme tas de valises. Soudain, il fut projeté au beau milieu des bagages en partance pour la Bulgarie. Koko n'avait jamais été dans ce pays si loin de Paris là où il vivait.

Koko was an ordinary bird. He was not ugly but he was not pretty. His feathers were brown, a very dull brown, and not shiny at all. Although he was just an ordinary sparrow human beings loved him because he was joyful and full of energy, and most of the time he was by himself looking for some crumbs to eat.

The cat was waiting with an empty stomach

Un chat attendait le ventre vide

Koko était un oiseau ordinaire. Il n'était pas moche mais il n'était pas non plus très joli. Ses plumes étaient brunes, d'un brun terne et pas du tout brillant. Bien qu'il ne fût qu'un vulgaire petit moineau, les êtres humains l'aimaient bien parce qu'il était joyeux et plein d'énergie, et la plupart du temps, il sautillait seul à la recherche de quelques miettes afin de les picorer.

In Bulgaria, a cat was waiting with an empty stomach. He hadn't eaten anything since early morning. His name was black cat. He was black and white with piercing round green eyes and long whiskers. He always was bad-tempered. He hated birds. He saw Koko getting out of the plane and he immediately thought it was a gift from heaven falling down for him.

Koko with his little sparrow brain did not notice the cat who was ready to swallow him alive. He flew to Varna, one of the largest cities in Bulgaria. The cat ran like an arrow following Koko towards this big city.

Koko saw a lovely fountain, he landed on it and happily drank fresh water to cool off and regain some strength. The cat did the same.

En Bulgarie, un chat attendait le ventre vide. Il n'avait rien mangé depuis très tôt le matin. Son nom était le chat noir parce qu'il était noir et blanc. Il avait des yeux perçants ronds et verts, et des grandes moustaches. Il était toujours de mauvaise humeur. Il détestait les oiseaux. Il vit Koko sortir de l'avion et il pensa aussitôt que c'était un beau cadeau du ciel qui lui tombait devant le nez.

Koko avec sa petite cervelle de moineau ne remarqua pas le chat qui était prêt à l'avaler tout cru. Il s'envola pour Varna, l'une des plus grandes villes de Bulgarie. Le chat courut comme une flèche en suivant Koko vers cette grande cité.

Koko vit une belle fontaine, il se posa dessus, et joyeusement, il but de l'eau fraîche pour se rafraîchir et reprendre quelques forces. Le chat noir en fit tout autant.

Koko saw a lovely fountain

Koko then perched himself on top of a statue. At the very bottom, Pollux a lovely black and white little dog who had nothing against birds, but who on the contrary liked them very much, chased away the cat by barking at him fiercely.

Koko se percha au sommet de la statue qui se trouvait là. Tout en bas, Pollux, un adorable petit chien noir et blanc qui n'avait rien contre les oiseaux, mais qui au contraire les aimait bien, chassa le chat en aboyant bruyamment.

Koko vit une belle fontaine

13

"The black and white cat is an ominous cat who puts a spell on birds before swallowing them alive," Pollux gently barked.

"I have always been told to be wary of cats regardless of whether they are black, white or grey," replied Koko from the top of the statue.

"So be careful of him because I have the feeling that he will follow you everywhere to cast a bad spell upon you," Pollux told him.

"Thank you for your advice," replied Koko.

Pollux a lovely little dog

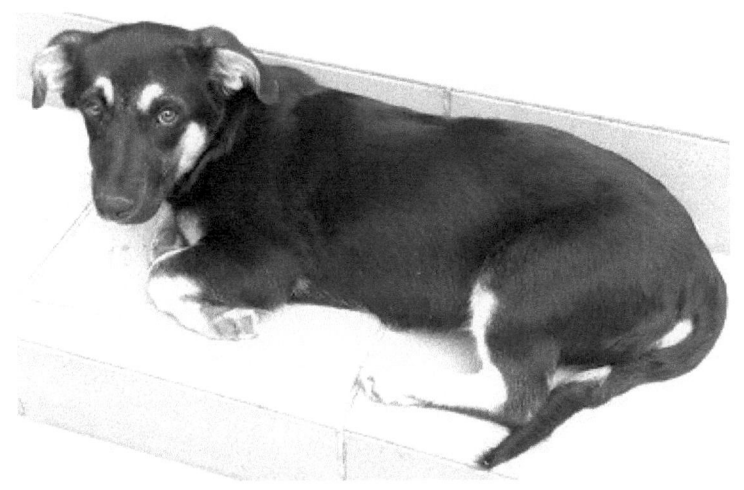

Pollux un adorable petit chien

- *Ce gros chat noir et blanc est un chat de mauvais augure qui jette des sorts aux oiseaux avant de les avaler, aboya gentiment Pollux.*

- *On m'a toujours dit de bien me méfier des chats, qu'ils soient noirs, blancs ou gris, répondit Koko du haut de la statue.*

- *Alors fais bien attention à lui car j'ai le sentiment qu'il te suivra partout pour te jeter un mauvais sort, lui confia Pollux.*

- *Merci pour ton conseil, répondit Koko.*

"But if I were you, I would go to pray at the cathedral because sometimes God does miracles".

Koko flew to the top of the orthodox cathedral. The cat followed him by running behind him like a savage. Koko understood that his life was really in danger from that bad cat always staring at him with his nasty eyes.

Koko on top of the orthodox cathedral

Koko au sommet de la cathédrale orthodoxe

- Mais si j'étais toi, j'irais faire une petite prière dans la cathédrale car des fois Dieu fait des miracles.

Koko vola jusqu'au sommet de la cathédrale orthodoxe.

Le chat le suivit en courant derrière lui comme un sauvage. Koko comprit que sa vie était vraiment en danger avec ce chat qui le poursuivait en le fixant avec des yeux si méchants.

Koko rushed inside the cathedral. There were a lot of icons representing various characters. He knew nothing about these orthodox icons. He was perplexed for a few minutes not knowing what to do but he thought he had to choose one to save him from the damned cat. But which one should he choose!

The icons were beautiful

Les icônes étaient toutes très belles

Koko s'engouffra à l'intérieur de la cathédrale. Il y avait beaucoup d'icônes représentant divers personnages. Il ne savait rien de ces icônes orthodoxes. Il resta perplexe pendant quelques minutes, ne sachant pas quoi faire mais il pensa qu'il devait en choisir une pour le sauver des pattes de ce maudit chat. Mais laquelle devait-il choisir!

One icon was more beautiful than the other. He flew from one saint to another without knowing which one would be best to keep him away from the evil spell.

The cat was inside the cathedral. He was waiting for Koko at the entrance below the feet of the icons, and at the first opportunity, he would be ready to bite him.

The cat went inside the cathedral

Le chat s'était infiltré dans la cathédrale

Les icônes étaient plus belles les unes que les autres. Il vola d'un saint à un autre sans savoir lequel serait le mieux pour le sortir de ce mauvais sort.

Le chat s'était infiltré dans la cathédrale. Il attendait Koko à l'entrée aux pieds des icônes, et à la première occasion, il allait pouvoir le choper.

21

Suddenly a bride in a long white dress, beautiful as a princess, appeared on the arm of her husband handsome as a prince. Koko squealed with joy and came to rest at the feet of the newly-weds who looked at him smiling, thinking that this was a good omen for them and that they were going to have many children beautiful like saints and as good as gold.

A bride appeared

Une jeune mariée apparut

Soudain, une mariée vêtue d'une longue robe blanche, et belle comme une princesse apparut au bras de son époux beau comme un prince.

Koko poussa un cri de joie et vint se poser aux pieds des jeunes mariés qui le regardèrent en souriant, et en pensant que c'était un bon présage pour eux, et qu'ils allaient avoir beaucoup d'enfants beaux comme des dieux et sages comme des images.

The cat did not take his eyes off Koko, and was ready to jump on him and swallow him alive. But Koko bowed to the bride and groom before taking off through the wide open door, and was again as free as a bird.

Pollux was waiting for Koko

Outside near the door Pollux was lying there waiting patiently for Koko to come out and save him from the claws of this nasty cat. Seeing Koko, Pollux kindly barked before following him galloping like a shooting star.

Le chat ne quittait pas Koko des yeux. Il était prêt à lui sauter dessus pour l'avaler d'une seule bouchée. Mais Koko fit une révérence aux mariés avant de s'enfuir par la porte grande ouverte, et il était de nouveau libre comme l'air.

Pollux attendait patiemment Koko

Dehors Pollux était allongé devant la porte, il attendait patiemment que Koko sorte pour le sauver des griffes de cet horrible chat. En voyant Koko, Pollux aboya gentiment avant de le suivre à la trace et au galop.

Koko stopped to have a drink

Koko, not knowing where to go, stopped near a fountain to have a drink in order to regain strength. The water was lovely, the air was cool, the sky was blue, and then, he was in high spirits. He had the carelessness of youth, and he didn't care about the dangers that lay out in front of him.

Koko ne sachant pas où aller, s'arrêta près d'une fontaine pour boire un petit coup afin de reprendre des forces. L'eau était fraîche, l'air était frais, le ciel était bleu, et son moral était au beau fixe. Il avait l'insouciance de la jeunesse et il se moquait bien des dangers qui le guettaient.

Koko s'arrêta pour boire un petit coup

27

A pretty princess was dancing there

"Don't stay there little sparrow, the big nasty cat is running like a wolf after you," said a pretty girl who was a princess and was standing there.

"Where is he?" Koko asked.

"He's coming by leaps and bounds," she replied.

"But I don't see him?"

"If you stay here, soon he will catch you with his big teeth."

- *Ne reste pas ici petit moineau, le gros chat noir arrive à pas de loup, lui dit d'une voix charmante une jolie princesse qui dansait devant lui.*

- *Où est-il? Demanda Koko.*

- *Il arrive à pas de géant, répondit-elle.*

- *Mais je ne le vois pas?*

- *Il faut vite partir sinon avec ses grandes dents, il va te croquer.*

Une jolie princesse dansait devant lui

Koko perched on a top of a bus

"Thank you for warning me," he said, before flying off and landing on a top of a bus.

The bus suddenly started and Koko fell down to the ground in the front of the nose of the big cat which jumped on him ready to swallow him alive. Koko squawked sadly to call for help, and Pollux appeared barking fiercely. The cat ran away and dropped Koko while escaping.

- *Merci de me prévenir, dit-il avant de s'envoler et de se poser sur un autobus.*

L'autobus démarra soudainement, et Koko fut projeté à terre sous le nez du gros chat qui lui sauta dessus pour le dévorer. Koko hurla appelant à l'aide et Pollux apparut en aboyant violemment. Le chat se sauva pattes en avant en laissant tomber Koko dans sa fuite.

Koko se posa sur un autobus

A girl wrapped in a suit made of newspapers

"Little brainless sparrow, you have to be careful where you put your feet," shouted a young girl wrapped in a suit made of newspapers.

- Petite tête de moineau, il faut bien regarder où tu poses tes pattes, lui cria une jeune fille enveloppée dans un costume fait de papier journaux.

Une jeune fille dans un costume fait de papier journaux

Koko did not answer, and he continued on his way without worrying about the danger that awaited him on every street corner. He landed on a green tree. He sang cheerfully, which caught the eyes of the cat who was already there. He stared at him, licking his lips, being sure he would swallow him shortly for lunch.

The cat was already there

Le chat était déjà arrivé

   Koko ne répondit pas, et il continua sa route sans se soucier du danger qui le guettait à chaque coin de rue. Il se percha sur un arbre verdoyant. Il chanta joyeusement, ce qui attira l'attention du chat qui était déjà arrivé et qui le fixa en se léchant les babines, et en étant bien certain de pouvoir le déguster sous peu pour son déjeuner.

"Look over there the cat his moving his whiskers that means he is casting a spell on you," said the pretty princess who appeared again.

"Are you sure about it?" Koko asked.

"I am certain," she replied.

The princess left

La princesse s'en alla

- *Regarde là-bas le chat qui remue ses moustaches, ce qui veut dire qu'il va te jeter un mauvais sort, lui dit la jolie princesse qui, par un heureux hasard, passait son chemin.*
- *En es-tu sûre? Demanda Koko.*
- *J'en suis certaine, répondit-elle.*

At that moment the right leg of Koko became stiff. He panicked and told that to the princess who snapped her fingers and the cat run away. Koko flew down to land at the feet of the princess to thank her but his leg was still stiff.

"I told you to be careful," she said.

"What can I do now to stop having a stiff leg? Koko asked.

"I don't really know," she answered.

Koko sighed sadly.

Pollux came playing with a toy.

Pollux came playing with a toy

Pollux arriva avec son jouet

À ce moment précis, la patte droite de Koko se raidit. Il paniqua et le dit à la princesse qui claqua des doigts pour faire fuir le chat. Koko s'envola pour se poser aux pieds de la princesse afin de la remercier mais avec sa patte droite bien raide.

- Je t'ai bien dit d'être prudent, soupira-t-elle.

- Que puis-je faire maintenant pour ne plus avoir ma patte raide? Demanda Koko.

- Je ne sais vraiment pas, répondit-elle.

Koko piailla tristement.

Pollux arriva avec son jouet.

"What is wrong with your leg?" Pollux asked him.

"It's stiff."

"I told you to be careful, what did you do?"

"It is the cat. He has cast a spell on me."

Pollux did not answer and carried on playing with his toy.

"You don't care about me, do you?" Koko sighed.

The young girl wrapped in a suit made of newspapers appeared again.

The young girl appeared again

La jeune fille apparut de nouveau

   - Qu'est-ce qui ne va pas? Lui demanda Pollux.

- Ma patte est toute raide.

- Qu'as-tu fait encore?

- C'est le chat. Il m'a jeté un sort.

Pollux ne répondit pas et continua de jouer avec son jouet.

- Tu t'en fous pas mal, grogna Koko.

La jeune fille enveloppée dans un costume fait de papier journaux apparut de nouveau.

"Little brainless sparrow I told you to be careful" she said.

"I did not do anything wrong" Koko answered.

"So, you were just in the wrong place at the wrong time."

"I am looking for a fairy do you know where she is?" Koko asked.

"I have never seen a fairy around here" she said, before going away.

A yellow taxi was passing by and Koko flew onto the top of it, where he felt safe.

A yellow taxi was passing by

Un taxi jaune passa

- *Petit moineau sans cervelle, je t'avais bien dit d'être prudent, dit-elle.*

- *Je n'ai rien fait de mal, répondit Koko.*

- *Donc si je comprends bien, tu étais au mauvais endroit au mauvais moment.*

- *Je cherche une fée, sais-tu où elle est? Lui demanda Koko.*

- *Je n'ai jamais vu de fée par ici, dit-elle, avant de disparaître.*

Un taxi jaune passa, il roulait doucement. Koko se posa dessus, et il se sentit en lieu sûr.

Koko tried to move his leg which was still stiff. He was very upset.

The yellow taxi suddenly stopped in the front of the aquarium, Koko fell down and flew right away to perch on the top of the aquarium to be safe.

Koko perched on the top of the aquarium

Koko se percha en haut de l'aquarium

Koko essaya de bouger sa patte mais elle était toujours raide, il était bien embarrassé, et il ne savait pas quoi faire.

Le taxi jaune s'arrêta brusquement devant l'aquarium, Koko chavira et tomba à terre. Il s'envola aussitôt pour se percher en haut de l'aquarium.

The cat was already there waiting for Koko.

The sea was near, and Koko breathed deeply. The lovely smell coming from the sea was attractive. Koko knew that cats don't like water, so he thought that he would be wise to go near the sea.

The cat moved his whiskers to cast another spell on Koko, but at the moment Pollux arrived barking fiercely, and the cat ran away before having time to cast another spell on Koko.

Koko on the top of a beach umbrella

Koko au sommet d'un parasol

Le chat était déjà arrivé, il attendait Koko.

La mer était toute proche, Koko respira profondément la bonne odeur provenant du large qui l'appelait au loin. Koko savait bien que les chats n'aiment pas l'eau, alors il pensa qu'il serait bon de prendre le large.

Le chat remua ses moustaches pour lancer un sort à Koko, mais au même moment, Pollux arriva en aboyant, et le chat fila avant d'avoir eu le temps de lancer un autre sort à Koko.

A lovely coach drove by horses

Koko flew to perch on the top of a beach umbrella. The sea was blue and lovely. He felt good and breathed deeply. But soon the cat arrived there. He sat down, and kept quiet waiting patiently.

Koko saw the cat and he did not know what to do next? He squawked for help.

Pollux arrived and barked ferociously to chase the cat away.

"Thank you very much my friend" said Koko happily.

"You are always in the wrong place at the wrong time," answered Pollux.

Koko s'envola pour se percher au sommet d'un parasol. La mer était belle et calme. Il se sentit bien et respira profondément. Mais aussitôt, le chat arriva. Il s'est assis silencieusement, et il attendit patiemment.

Koko vit le chat, et il ne savait plus quoi faire, alors il appela au secours.

Pollux arriva et aboya violemment pour chasser l'horrible chat.

- Merci beaucoup mon ami, Koko s'écria joyeusement.

- Tu es toujours au mauvais endroit au mauvais moment, répondit Pollux.

Un joli carrosse conduit par deux chevaux

"I am not. It's the cat who follows me all the time."

A lovely coach with two horses was passing by and Koko flew onto the top of the coach looking out the sea, and again he was safe and happy. Life was beautiful and he did not care anymore about tomorrow. He looked on the bright side of life.

Koko saw the cat on the ground

Koko saw a big military tank not too far away. He flew to perch on the top of it proudly as a peacock.

But the cat swiftly followed him.

Non, je n'y peux rien, c'est le chat qui me suit partout

Un beau carrosse conduit par deux chevaux passa. Koko vola pour se poser au sommet du carrosse, il regarda la mer, et à nouveau, il se sentit en sécurité et tout heureux. La vie était belle et il ne pensa plus au chat. Il regarda du bon côté de la vie.

Koko vit le chat assis par terre

Koko aperçu un gros char militaire qui n'était pas trop loin. Il s'envola pour se percher dessus, et il fut fier comme Artaban.
Mais bien vite le chat le suivit.

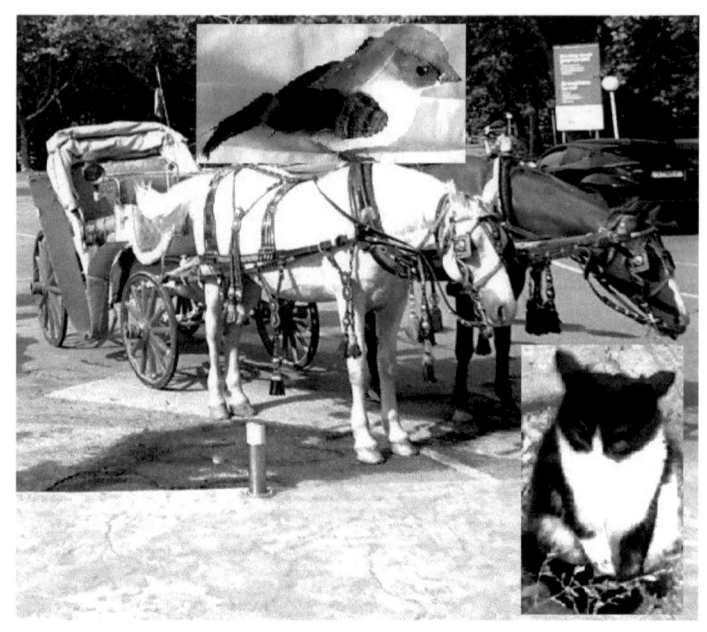

Koko perched on the top of horses

Koko saw the cat on the ground, and he was moving his whiskers, so he understood that he was casting a spell on him.

Koko realized that he was not safe anymore with the cat waiting for him at the bottom of the military tank.

"What can I do to be safe?" He said to himself before going back to perch on the top of the horse it had passed.

The cat followed him and sat down patiently.

Du haut de son perchoir Koko vit le chat assis par terre qui bougeait ses moustaches, il comprit aussitôt qu'il allait lui jeter un nouveau sort.

Koko se rendit compte qu'il n'était plus au bon endroit avec le chat qui l'attendait au pied du char militaire.

- Que puis-je faire pour être en sécurité? Se demanda-t-il avant de retourner se percher sur le dos du cheval qui trottinait clopin-clopant.

Le chat le suivit, il s'est assis, et il attendit stoïquement.

Koko perché sur le dos du cheval

After a while Koko felt hungry since his stomach was empty. He flew to the nearest restaurant to perch proudly on the top of an outside table and he ate a few crumbs left by customers.

But soon the cat arrived and he looked fiercely at Koko who had to run away again if he did not want to have his other leg stiffen. He could manage with one stiff leg but maybe not with two stiff legs?

Koko flew to the nearest restaurant

Koko s'envola vers le restaurant le plus proche

Peu de temps après, Koko eut faim son estomac était vide. Il s'envola vers le restaurant le plus proche pour se percher fièrement sur une table dehors et il picora quelques miettes laissées par des clients.

Mais bien vite le chat se pointa. Il fixa Koko d'un mauvais œil qui devait à nouveau s'enfuir s'il ne voulait pas avoir son autre patte toute raide. Il pouvait se débrouiller avec une patte raide mais peut-être pas avec deux pattes raides?

He perched on the rock

In this strange big city Koko did not know where to go next. He squawked desperately calling for Pollux who was not around. Koko felt he had to go to the right place to be safe because he had not yet met the fairy with her magic wand to save him from the cat.

Where could she be?

Koko flew back near to the sea. He saw a lovely swimming pool and perched on a rock right in the middle of it. He felt safe, no cat around here for sure because cats don't like water.

Dans cette étrange grande ville, Koko ne savait plus où aller. Il piailla désespérément pour appeler Pollux qui n'était pas dans les alentours. Koko comprit qu'il devait continuer sa route car il n'avait toujours pas rencontré la fée avec sa baguette magique pour le sauver des crocs de cet horrible chat.

Où pouvait-elle bien être?

Koko retourna près de la mer. Il vit une belle piscine et il se percha sur le petit rocher au beau milieu de celle-ci. Il se sentit sain et sauf, pas de chat par ici, car c'est sûr que les chats n'aiment pas l'eau.

Koko se percha sur le petit rocher

Soon the cat arrived again

He bathed in the lukewarm blue water. He drank a little bit of it and felt very good. But he could not stay there for ever.

What to do next, that was the question he had to answer?

Soon the cat arrived again. He sat in the front of the swimming pool and looked at Koko fiercely before moving his whiskers.

Il se baigna dans l'eau claire et tiède. Il en but quelques gorgées et il se sentit frais comme un gardon. Mais il ne pouvait pas y rester éternellement.

Que faire ensuite, c'était la question à laquelle il devait répondre?

Mais de nouveau le chat se pointa. Il s'est assis au bord de la piscine et a regardé Koko du coin de l'œil avant de bouger ses moustaches.

Le chat est arrivé

He flew to hide behind a lovely rabbit

Koko felt his leg get stiffer and stiffer. He screamed and screamed but not one of his friends came to rescue him. He looked around him and he saw not too far away a nice children's playground, and flew to hide himself behind a lovely plastic rabbit toy which was very colourful.

Koko sentit son autre patte devenir de plus en plus raide. Il cria et hurla mais son ami ne vint pas à sa rescousse. Il regarda autour de lui, et pas très loin, il aperçut un beau jardin d'enfants. Il vola pour se cacher derrière un joli lapin en plastique aux couleurs vives.

Koko se cacha derrière un joli lapin

Soon the cat went away waging his tail.

Koko saw him going away. He flew around the place before perching on a blossom tree. His leg was still very stiff and that was making him fly with more and more difficulties. He squawked and squawked calling for help.

A young girl was there. She was very pretty with her pink coat, pink socks and some pink flowers on the top of her head.

Koko told her about the nasty cat.

"Where is he?" She asked him.

"I don't know but he will arrive soon because he is following me everywhere to cast a spell on me."

"Don't worry I will chase him away."

"Thank you very much; it is very kind of you."

Le chat s'en alla tout penaud en remuant la queue.

Koko l'a vu partir au loin. Il a volé ça et là avant de se percher sur un arbre en fleurs. Sa patte était toujours aussi raide et il avait bien du mal pour se déplacer. Il piailla pour appeler Pollux à l'aide.

Une jeune fille cueillait des fleurs. Elle était très jolie avec son manteau rose, ses chaussettes roses et des roses dans les cheveux.

Koko lui parla du maudit chat.

- Où est-il? Lui demanda-t-elle.

- Je ne le sais pas mais il va bien vite arriver car il me suit partout pour m'ensorceler.

- Ne t'inquiète pas, je vais le chasser.

- Merci beaucoup, c'est très gentil de ta part.

The cat mewed softly

It was not very long before the cat arrived. He was not afraid of people. He sat near the young girl and mewed very friendly.

Il ne fallut pas très longtemps avant que le chat n'arrive. Il n'avait pas peur des gens. Il s'est assis près de la jeune fille en ronronnant tout doucement.

Le chat ronronna mielleusement

"This cat does not look very dangerous" said the young girl

"He is friendly with human beings like you but not with birds like me" said Koko.

The girl gently spoke to the cat who mewed softly before rubbing his head around the girl's legs.

Koko was furious to see how the cat was so mischievous.

"He had put a spell on my leg," stamped Koko.

"Did he really?"

"Yes, my leg is completely stiff."

"My poor little one, what can I do for you?"

"Please, chase him away."

The girl looked at the friendly cat who was now purring at her feet. She hesitated for a while before clapping her hands to chase him away. The cat did not move. He was staying there ready to swallow the bird alive.

Koko squawked and squawked asking for help.

- Ce chat n'a pas l'air très dangereux, dit-elle.

- Il est gentil avec les gens comme toi mais pas avec les oiseaux comme moi, répondit Koko.

Elle parla gentiment au chat qui miaula mielleusement avant de frotter sa tête autour des jambes de la jeune fille.

Koko était furieux de voir à quel point le chat était si espiègle.

- Il a jeté un sort à ma patte, piaffa Koko.

- Vraiment?

- Oui, ma patte est complètement raide.

- Mon pauvre petit, que puis-je faire pour toi?

- S'il te plaît, il faut le chasser.

La jeune fille regarda le chat qui ronronnait maintenant à ses pieds. Elle hésita un peu avant de frapper dans ses mains pour le chasser. Le chat ne bougea pas. Il resta, et il était prêt à avaler ce petit moineau d'une seule bouchée.

Koko hurla pour appeler son ami.

Pollux was dreaming about lovely sweets

Pollux was near by and was dreaming about the lovely sweets that he had seen in a shop-window. He heard Koko, and at once, he came barking fiercely to chase the cat.

"Oh! I am so happy to see you again." Koko sighed.

Pollux était dans les parages, il rêvait aux succulentes pâtisseries qu'il avait vues dans une vitrine. Il entendit Koko, et aussitôt, il aboya bruyamment pour chasser le chat.

- Oh! Comme je suis content de te revoir, soupira Koko.

Pollux rêvait aux succulentes pâtisseries

You have no money for buying cookies

"I was dreaming about some fantastic cookies that I have seen in shops, and now my stomach is dying for some sweets, as I have nothing to eat," Pollux sighed.

"But you have no money to buy the cookies." Koko said.

"I know that!" Pollux sighed.

- Je rêvais aux fantastiques gâteaux que j'ai vus dans une pâtisserie, et maintenant mon estomac crie famine, car je n'ai rien à me mettre sous la dent, grogna Pollux.

- Mais tu n'as pas d'argent pour acheter des sucreries, répondit Koko.

- Je le sais! Soupira Pollux.

Koko n'avait pas d'argent pour acheter des sucreries

"Let us go find the fairy that I am looking for to get rid of this bad spell."

Koko had a lot of difficulties flying with his stiff leg, and he was impatient to be well again.

A young mother was coming

A young mother was coming towards them and she was pushing a pram with her baby inside.

"Did you see a fairy around here?" Koko asked her.

- Allez viens! Partons à la recherche de la fée qui doit me délivrer de ce mauvais sort.

Koko avait bien du mal pour voler avec sa patte raide, et il était impatient de retrouver sa pleine forme.

Une jeune maman passait par là

Une jeune maman passait par là et elle poussait un landau avec son bébé dedans.

- Avez-vous vu une fée par ici? Lui demanda Koko.

There was a crocodile

"I have not seen any fairy around here, but you can ask the crocodile over there, maybe he knows." She answered.

"A crocodile!" repeated Koko.

"Yes, he is just over there." She said.

Koko was very surprised to learn that one could see crocodiles in this country. Indeed, very near by, there was a crocodile but he was made in wood to scare the seagulls away from eating the fresh fish caught by the fishermen when arrived with their catch. Koko was not afraid at all, and he perched on top of the crocodile. He was as proud as peacock.

- Je n'ai pas vu de fée, mais tu peux toujours demander au crocodile qui se trouve un peu plus loin, lui peut-être qu'il sait, répondit-elle.

- Un crocodile! Répéta Koko.

- Oui, il est juste là-bas, dit-elle.

Koko était tout surpris d'apprendre qu'il pouvait bien y avoir des crocodiles dans ce pays. En effet, quelques mètres plus loin, il y avait bien un crocodile mais il était en bois pour effrayer les mouettes afin qu'elles ne mangent pas les poissons pêchés par les pêcheurs lorsqu'ils arrivent avec leur prise. Koko ne fut pas effrayé par le crocodile, et il se percha dessus, fier comme un paon.

Il y avait un crocodile

Some seagulls arrived

The sea was blue and calm. Koko did not know what to do next. He stayed there dreaming about his friends remained in France which was so far away.

Some seagulls arrived, and they warned Koko.

"Don't stay here, the cat is coming."

"Already, are you certain?"

"Yes, just wait and see!"

"Oh, my god, in this country, I can't live in peace with this naughty cat!"

La mer était bleue et calme. Koko ne savait plus où aller. Il resta là en rêvant à ses amis qui étaient bien loin, tout là-bas, en France.

Des mouettes qui passaient alertèrent Koko.

- Ne reste pas ici, le gros chat arrive.

- Déjà, en êtes-vous bien certaines?

- Oui, attends un peu et tu verras!

- Oh, zut ! Dans ce pays avec ce maudit chat, je ne peux pas vivre une minute en paix!

Des mouettes passaient

Very soon the cat arrived. He looked up at Koko and started to move his whiskers.

"Go away, naughty cat, I am fed up with you. The crocodile will swallow you." Koko cried furiously.

The cat did not move. He continued to move his whiskers and Koko felt his other leg beginning to be stiff.

"Pollux!" Koko shouted out for help.

The dog quickly arrived barking like a savage. The cat was so afraid and ran away at full speed.

"Whew!" Koko sighed.

"Near by there is a little church, go there and ask for help." Pollux said.

"How far is it? Because now, you know, I have got two stiff legs."

"Not too far, go there."

"Thanks my friend."

Très vite, le chat apparut. Il leva les yeux vers Koko en faisant trembler ses moustaches.

- Fous le camp, sale chat, j'en ai marre de toi, le crocodile va te bouffer, Koko hurla furieux.

Le chat ne bougea pas. Il continua de remuer ses moustaches et Koko sentit son autre patte se raidir.

- Pollux ! Viens vite ! Au secours ! Cria Koko.

Le chien arriva ventre à terre en aboyant comme un sauvage. Le chat prit peur et se sauva à toute vitesse.

- Ouf! Koko soupira.

- Tout près d'ici, il y a une petite église, vas-y et prie Dieu de t'aider, lui dit Pollux.

- Est-ce que c'est loin? Car maintenant, tu sais que j'ai mes deux pattes raides.

- Non, vas-y.

- Merci mon ami, je fonce.

Koko looked at the mighty Lord on the cross

When Koko arrived Pollux was already there, waiting for him.

Koko looked at the god crucified on the cross.

"Please, my Lord could you help me? My two legs are stiff, because of a naughty cat who has cast a spell on me." Koko said imploring the Lord.

"Sorry little bird, I can't help you." He said.

"Why not, you are the mighty Lord?"

"I cannot deal with this kind of matter."

Quand Koko arriva, Pollux l'attendait bien tranquillement.

Koko regarda le Seigneur crucifié sur la croix.

- S'il vous plaît mon Seigneur pouvez-vous m'aider, j'ai mes deux pattes raides, à cause de ce maudit chat qui me lance des sorts ? Koko l'implora.

- Désolé mon petit, mais je ne peux pas t'aider, répondit-il.

- Pourquoi pas, vous êtes le Seigneur tout puissant?

- Ce n'est pas dans mes cordes.

Koko regarda le Seigneur crucifié sur la croix

Koko looked sadly at Pollux.

"Go and ask the bride over there. She has got a mobile phone, and maybe she can phone the fairy." Pollux said.

The bride had a mobile phone

La mariée avait son téléphone portable

Koko regarda tristement Pollux.

- Pourquoi ne vas-tu pas demander à la mariée qui est assise sur le banc, avec son téléphone portable, peut-être qu'elle peut téléphoner à la fée, lui suggéra Pollux.

That it is a good idea thought Koko. At once, he flew and perched on the top of the bride's shoe.

She looked at him very surprised.

"Please, could you phone a fairy for me?" Koko asked her.

"A fairy, I don't know any fairy around here." She answered very gently.

"The cat has cast a spell on my two legs. Now they are stiff, and I have a lot of difficulties flying."

"I will try for you my little darling" She said, before searching on her mobile phone.

Koko squawked happily.

But unfortunately she did not find anything about a fairy. Koko thanked her before going sadly away. He went back to the centre of the city in order to get rid of the cat.

C'est une bonne idée pensa Koko. Aussitôt, il s'envola pour se poser sur la pointe de la chaussure de la jeune mariée.

Elle le regarda très surprise.

- S'il vous plaît, pourriez-vous téléphoner à la fée pour moi? Lui demanda Koko.

- Une fée, mais je ne connais aucune fée par ici, répondit-elle gentiment.

- Le maudit gros chat noir et blanc qui se trouve là-bas, a jeté un sort sur mes deux pattes qui sont toutes raides, et maintenant j'ai beaucoup de mal pour voler, et je veux retourner chez moi au plus vite.

- Je vais essayer mon petit, dit-elle, avant de chercher sur son téléphone portable.

Koko poussa un cri de joie.

Mais malheureusement, elle ne trouva rien sur la fée. Il la remercia avant de partir tristement. Il retourna en ville pour se mêler à la foule en espérant se débarrasser de l'horrible chat.

Women wearing their local costumes

He came across some lovely women wearing their local costumes which were very colourful.

"Have you seen a fairy?" He asked them.

"No, we haven't seen any fairy around here, but ask the musician over there maybe he knows." They said.

"Thanks, I will, it is very kind of you."

Il rencontra de jolies femmes vêtues de leurs beaux costumes locaux. Les couleurs étaient magnifiques, et il en prit plein les yeux.

- Avez-vous vu une fée? leur demanda-t-il.

- Non, nous n'avons vu aucune fée par ici, mais tu peux toujours aller demander au musicien là-bas, lui peut-être qu'il sait, répondirent-elles aimablement.

- Merci beaucoup, c'est très gentil à vous, j'y vais tout de suite.

Des femmes vêtues de leurs costumes locaux

A musician was there playing

Koko went there right away. The musician was there standing up and playing a strange instrument which looked like a piano but it was not. He had never seen an instrument like this one before. The sound was lovely, and Koko sang happily.

Koko y est allé aussitôt. Le musicien jouait debout d'un instrument étrange qui ressemblait à un piano, et que Koko n'avait jamais vu auparavant. Le son était très agréable, et Koko l'accompagna en chantant joyeusement.

Le musicien jouait debout

A lot of tourists stopped and put some coins in the little box on the ground in the front of it.

"I am lucky today." The musician said.

He was an old man wearing a black cap, a red parka, a blue shirt and blue trousers.

"Why?" Koko asked him.

"Because you are here and the people are very generous."

"Do you think it's because of me?"

"Sure, people like birds, and you are a lovely little one."

"Oh, I am just an ordinary sparrow." Koko sighed.

"You sing very well, and you attract tourists' attention. That is very good for me, and my small money box is going to be full very soon."

Unfortunately the cat arrived, and sat in the front of the musician. Koko could not stay here any longer and had to fly away again.

Beaucoup de touristes s'arrêtèrent et ils lancèrent des pièces de monnaie dans la petite corbeille posée devant lui.

- Je suis vraiment veinard aujourd'hui, dit le musicien.

C'était un vieil homme sympathique, il était vêtu d'une casquette noire, d'une parka rouge, d'une chemise bleue et d'un pantalon bleu.

- Pourquoi? Lui demanda Koko.

- Parce que tu es ici, et que les gens sont très généreux.

- Pensez-vous que c'est à cause de moi?

- Bien sûr que oui, les gens aiment bien les oiseaux, et tu es un charmant petit oiseau.

- Oh, je ne suis qu'un moineau tout à fait ordinaire, dit-il en soupirant.

- Tu chantes très bien et tu attires l'attention des touristes. C'est très bon pour moi, et ma petite boîte va bientôt être pleine.

Malheureusement, le chat est arrivé et s'est assis devant le musicien. Koko ne pouvait plus rester, alors il s'est envolé pour aller plus loin.

Koko was perched high up on a cactus

He flew to a beautiful garden and perched up on the top of a huge cactus. At once, the cat arrived and looked at Koko ready to cast a new spell on him. But Koko was perched too high up on the cactus, so the cat could not succeed, and was very furious.

Koko cried and cried for help.

"Where are you Pollux, come and help me?"

Il vola jusqu'à un magnifique jardin et se percha au sommet d'un énorme cactus.

Aussitôt le chat se pointa et regarda Koko prêt à lui jeter un nouveau sort. Koko était perché très haut sur le cactus, le chat échoua dans sa tentative, furibond, il trépigna.

Koko cria appelant à l'aide.

- Où es-tu Pollux, viens vite, au secours?

Koko était perché très haut sur le cactus

Koko perched on the foot of a huge military statue

Pollux was somewhere enjoying himself with some lavish cookies given to him by some passers-by. He did not really think about Koko.

Koko flew away and stopped to perch on the foot of a huge military statue.

Pollux était quelque part, il savourait de délicieux biscuits que lui avaient donnés des passants, et il ne se souciait guère de Koko.

Koko s'envola pour atterrir sur le pied d'une énorme statue militaire.

Koko sur le pied d'une énorme statue militaire

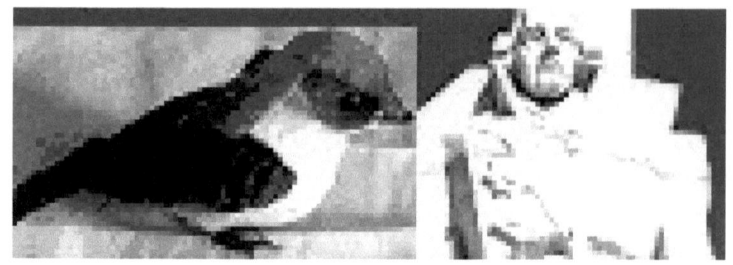

"Please, do you know where a fairy is?" He asked.

"Don't stand on my foot."

"Please, help me. I am looking for a fairy."

"Don't pee on my foot."

"I don't pee, I am a bird."

"Leave me alone."

"For pity's sake, look at my poor two little legs they are stiff."

"I don't care."

"You are so big and you seem so powerful, so I thought you could help me."

"Do you know who I am?"

"I am afraid not." Koko said ashamed.

"So, your place is not on my foot. Go away."

The statue was not helpful and Koko had to look for a better place to perch.

- S'il vous plaît, savez-vous où est la fée?
Demanda-t-il au militaire.

- Ne reste pas sur mon pied.

- Aidez-moi, savez-vous où elle se trouve ?

- Ne pisse pas sur mon pied.

- Je ne pisse pas, je suis un oiseau.

- Laisse-moi tranquille.

- Regardez, ayez pitié de moi, j'ai mes deux
petites pattes toutes raides.

- Ça m'est bien égal, grogna-t-il.

- Vous êtes si grand et vous semblez si fort,
alors j'ai pensé que vous pourriez m'aider.

- Sais-tu qui je suis?

- Non, je suis désolé, dit Koko tout penaud.

- Alors ta place n'est pas ici, sur mon pied.
Va-t-en sale moineau.

Le personnage n'était pas très aimable et
Koko devait aller voir ailleurs.

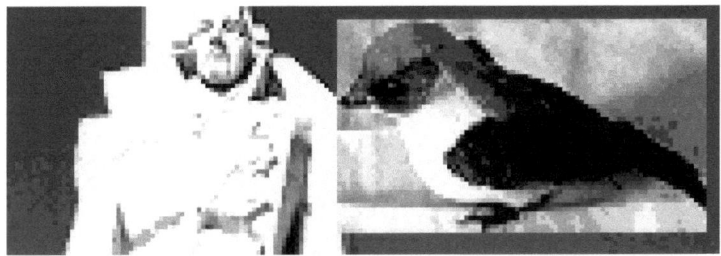

A seagull was passing by

Koko flew on the top of a house. A seagull was passing by.

"Go to the garden over there." She said.

"Why?" He asked.

"You will see a little girl and I have the feeling that she could help you."

"Are you sure? I have a lot of difficulties flying with my poor legs." Koko sighed.

"Girls know everything about fairies."

*Koko alla se poser au sommet d'une maison.
Une gentille mouette passait.*

- Va dans le jardin là-bas, lui dit-elle.

- Pourquoi? Demanda-t-il tout étonné.

*- Tu verras une petite fille, et j'ai bien
l'impression qu'elle va pouvoir t'aider.*

*- En es-tu bien sûre? Car avec mes pauvres
pattes, j'ai beaucoup de difficultés pour me
déplacer. Koko soupira.*

- Les filles savent tout sur les fées.

Une mouette passait par là

"Until now nobody could help me, a musician, a military statue or even a God, so why a little girl?"

"Never give up."

"I begin to be fed up with this country. I think for me, it is high time to go back home."

"Follow my advice, and don't give up. Go and ask the little girl."

"Okay, I am going there right away.

When Koko arrived in the garden, he saw the little girl but she was playing with a little fluffy black and white cat.

"Oh my goodness! Not a cat again." He said to himself.

It was a lovely fluffy one, but at the first sight Koko did not see any difference. He was just afraid to go down and ask the girl.

Finally he took his courage in both wings.

"Hello! Can you hear me?" He said bravely.

"Yes, come down, I love sparrows."

"I can't, there is a cat."

- Jusqu'à présent, personne n'a pu m'aider, ni un musicien, ni une énorme statue militaire, ni même le Seigneur, alors pourquoi une petite fille?

- Il ne faut jamais abandonner.

- Je commence à en avoir marre de ce pays, et je pense qu'il est grand temps pour moi de rentrer au pays.

- Suis mon conseil, et tu vas demander à la fillette.

- D'accord, j'y vais tout de suite.

Quand il arriva dans le jardin, il vit bien la fillette mais elle jouait avec un petit chat noir et blanc.

Oh seigneur! Pas encore un chat, se dit-il en lui-même.

C'était une ravissante peluche, mais au premier regard, Koko ne fit pas la différence. Il avait trop peur de descendre de son perchoir pour questionner la fillette.

Finalement, il prit son courage à deux ailes.

- Bonjour! M'entends-tu? Cria-t-il bravement.

- Oui, mais tu peux venir car j'adore les moineaux.

- Je ne peux pas, il y a un chat.

The girl was playing with a fluffy cat

"Don't be silly, it is a fluffy one, who is not dangerous. He is harmless." She said.

- Ne sois pas idiot, c'est une peluche, et il n'est pas dangereux. Tu peux me croire, il est inoffensif, dit-elle.

La fillette jouait avec un petit chat en peluche

"I just want to ask you if you know where a fairy is."

The little girl was smiling and she was beautiful.

"A fairy," she repeated.

"Yes a fairy. She will help me with my stiff legs."

"Oh, my poor little one, that's too bad. Go straight away, and fly for about half an hour and you will see near the sea a Bulgaria flag, a huge statue, and the fairy will appear."

"That's fantastic, thanks very much. The seagull was right" Koko said happily before flying away.

Koko saw the flag, and he saw the huge statue, but at the bottom of it there was a cat with her kitten and they were quietly sleeping. Koko flew and flew around the statue. He was puzzled. He did not know what to do next because he was so afraid to perch on it and wake up the cat and her kitten.

- Je veux juste te demander si tu sais où se trouve la fée.

La petite fille lui souriait et elle était très belle.

- La fée, répéta-t-elle.

- Oui la fée. Elle va pouvoir m'aider avec mes pattes raides.

- Oh, mon pauvre petit, va tout droit, vole pendant une demi-heure environ, et tu verras près de la mer, le drapeau bulgare, une grande statue, et la fée apparaîtra.

- C'est fantastique, merci beaucoup, la mouette avait bien raison, dit-il tout content avant de s'en aller.

Koko vit le drapeau, et il vit l'énorme statue, mais au pied il y avait un chat avec son chaton qui tous les deux dormaient bien tranquillement.

Koko vola autour de la statue, et il ne savait pas quoi faire parce qu'il avait tellement peur de se poser dessus et de réveiller le chat et son chaton.

Koko saw the flag and the huge statue

Finally he took his courage in both wings and he bravely perched on the top of the statue. He squawked, and squawked, waiting for the fairy, and keeping an eye on the cat. But no fairy came. The sun was very hot and he fell fast asleep.

Finalement il s'arma de courage, et se percha fièrement au sommet de la statue. Il gazouilla pour appeler la fée tout en gardant bien un œil sur le chat. Mais la fée ne venait pas, et le soleil était de plus en plus chaud, alors il sombra dans un profond sommeil.

Koko vit le drapeau, et il vit l'énorme statue

Koko sang for thanking the fairy

After a while, he had a funny feeling in his legs. He opened his eyes, and saw a beautiful fairy with her magic wand, smiling at him.

Au bout d'un moment, il eut une drôle de sensation dans ses pattes. Il ouvrit les yeux et il vit une ravissante fée avec sa baguette magique qui lui souriait.

Koko chantonna pour remercier la fée

He was so happy that he even could not sing.

"Is it you the little sparrow with a big problem?" She said.

"Yes, thanks, please help me?" he answered.

"I know that cat is terrible. He is always looking for birds to catch for his lunch. My friend told me about you, and I will try to do something for you."

"It was so hard to find you." He sighed.

She whispered some magic words, she struck the ground three times with her magic wand, and Koko felt his legs becoming less stiff. He flew down and sang to thank her. She was very pretty and she looked at him with her lovely eyes.

"Now, be very careful." She said.

"I will," he answered before flying away relieved.

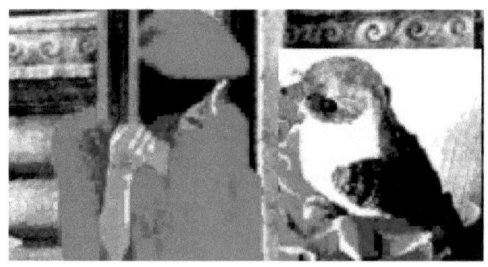

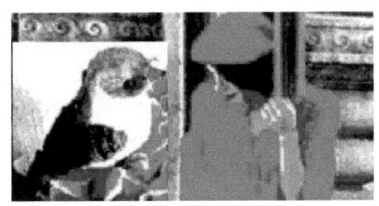

Il était si content qu'il ne pouvait même plus ouvrir le bec.

- C'est toi le petit moineau qui a un gros problème? Lui dit-elle.

- Oui c'est bien moi, s'il vous plaît aidez-moi? Lui demanda-t-il.

- Je sais que ce gros chat est terrible. Il est toujours à la recherche d'oiseaux pour les attraper et les croquer. Mon amie m'a parlé de toi et je vais essayer de t'aider.

- C'était très difficile de vous trouver, j'ai cherché partout, et enfin vous voilà ! Soupira-t-il.

Elle murmura quelques mots secrets, elle frappa le sol trois fois avec sa baguette magique, et Koko sentit ses pattes redevenir normales. Il se posa à ses pieds et il chantonna pour la remercier. Elle le regarda avec ses grands yeux bleus magnifiques.

- Maintenant, sois très prudent, dit-elle.

- Oui, je vous le promets, répondit-il avant de s'envoler au loin, et enfin il était soulagé.

A little boy was passing by

He flew to perch at the top of a tree where Pollux was sleeping at the bottom. The cat arrived and quietly sat down.

A little boy was passing by.

"It is high time for you to go back home" said the boy.

"I think you are right."

"The fairy told you to be careful, and she had helped you once but maybe she would not help twice."

Il se percha au sommet d'un arbre, où au pied, Pollux dormait paisiblement. Mais bien vite le chat est apparu et il s'est assis silencieusement.

Un petit garçon revenait de l'école.

- Il est grand temps de retourner chez toi, lui dit le garçonnet.

- Je pense que tu as raison, soupira Koko.

- La fée t'a bien dit d'être très prudent. Elle t'aida une fois, mais ce n'est pas sûr qu'elle va pouvoir le faire une seconde fois.

Un petit garçon revenait de l'école

Koko on the top of an old church

Koko looked at the cat who was looking at Pollux sleeping quietly. He thought it would be wise to go, so off he went.

He flew for a while and stopped on the top of an old church. He was trying to find his way back to the airport.

Don't panic he said to himself. Be brave. Face the danger.

A plane must be waiting for you, but don't take just any plane. You need the one going to Paris. That is all.

Koko vit le chat qui regardait Pollux dormir bien tranquillement, et il pensa qu'il était grand temps pour lui de partir, alors il s'en alla sans faire de bruit.

Il vola un peu avant de s'arrêter au sommet d'une ancienne église. Il essayait de retrouver son chemin qui pouvait le conduire vers l'aéroport.

Ne panique pas, se dit-il. Sois courageux.

Affronte bravement le danger.

Un avion doit bien être prêt à décoller, mais ne t'engouffre pas dans n'importe lequel, tu dois prendre celui qui part pour Paris. Voila, c'est tout.

Koko au sommet d'une ancienne église

The plane took off

Finally Koko arrived at the airport without a lot of difficulties. He was good at finding his way. He perched on the top of a plane going to Paris. He was very surprised to see that Pollux was on the bottom of the plane playing with his toy and the cat was looking at Pollux slyly.

The plane took off for Paris. Koko left behind him, Pollux a very good friend and the cat his worst enemy.

He was free of the cat now.

Bulgaria was over for him.

Finalement Koko arriva à l'aéroport sans trop de difficultés, car il avait le sens de la direction. Il se percha au sommet d'un avion en partance pour Paris. Il fut très surpris de voir que tout en bas, Pollux était en train de jouer avec son jouet, et que le chat était là lui aussi regardant Pollux malicieusement du coin de l'oeil.

L'avion décolla pour Paris en emportant Koko qui laissait derrière lui, Pollux un bon ami, et aussi, le chat son pire ennemi.

Il était désormais libre comme l'air.

La Bulgarie c'était fini pour lui.

L'avion décolla

Soon he will be back to Paris

Soon he will be back to Paris and he will see his other friends again.

Il allait retrouver la France et ses amis parisiens.

Koko allait retrouver ses amis parisiens

2.

The battle against the covid-19

2.
La bataille contre le Covid-19

2. The battle against the covid-19

Koko arrived at Paris airport

When Koko arrived at Paris airport, he was very surprised because not one of his friends was waiting on the tarmac to welcome him back home.

2. La bataille contre le Covid-19

Koko arriva à Paris à l'aéroport

Quand Koko arriva à Paris, il fut très surpris de ne pas voir ses amis sur le tarmac pour lui souhaiter la bienvenue.

Only a pharmacy was still opened

The airport was very calm. Only a few passengers were hurrying to catch their planes, and they were wearing a white or blue mask for covering their nose and their mouth. The restaurants and coffee shops were closed, and only a pharmacy was still opened.

That was very odd. He thought as he had landed in the wrong place.

L'aéroport était très calme, quelques voyageurs très pressés étaient là et ils portaient des masques pour couvrir leur bouche et leur nez. Les restaurants et les cafés étaient tous fermés, il y avait seulement une pharmacie qui était ouverte.

C'était vraiment bizarre. Koko pensa qu'il avait atterri au mauvais endroit.

Seulement une pharmacie était ouverte

Koko perched on the top of a street-lamp

"What is going on?" Koko said to himself.
He hurried to the centre of the city.

First he went to the *Champs Elysées*, the most beautiful avenue in the world. The avenue was empty. Nobody was there, only himself who perched on the top of a street-lamp looking down at the empty avenue and the empty streets around him.

What was going on!

Something was wrong!

He did not recognize his city!

It was a strange feeling. It was like a war with invisible enemies. Koko squawked and squawked in order to call his friends.

- Qu'est-ce qui peut bien se passer, se demanda-t-il.

Il se précipita en ville.

En premier, il alla sur les Champs Elysées, la plus belle avenue au monde. L'avenue était déserte. Il n'y avait personne, seulement lui qui s'était perché sur un lampadaire pour regarder l'avenue et les rues aux alentours sans une âme qui vive.

Mais que se passait-il !

Ce n'était pas normal !

Il ne reconnaissait plus sa ville !

L'atmosphère était très étrange. C'était comme s'il y avait une guerre avec des ennemies invisibles. Koko piailla à tue-tête pour appeler ses amis.

Koko perché sur un lampadaire

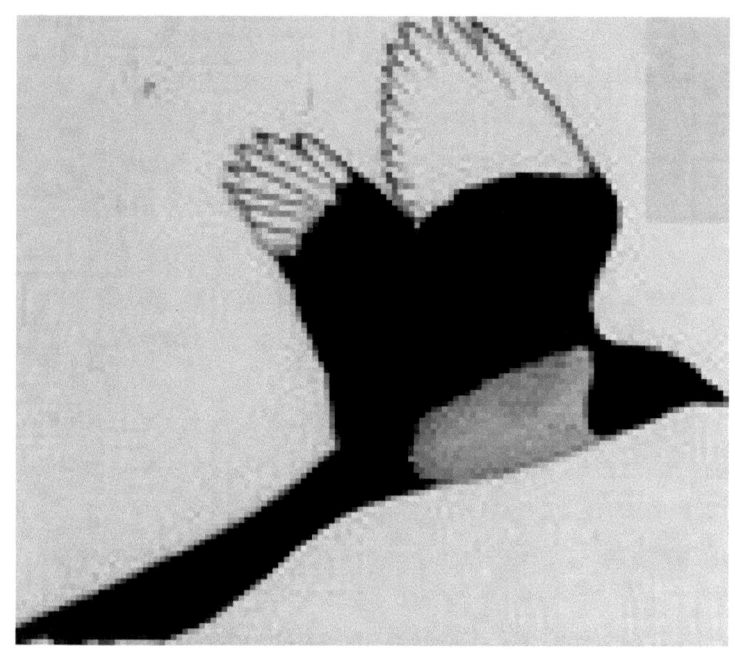

Kiki the magpie was passing by

His friend Kiki the magpie was passing by. She was quite pretty with her black and white feathers and her long black tail. She likes to gossip. She always knows what is going on.

"It's a global war" she said, before going away.

Kiki la pie passait par là

Son amie Kiki la pie passait par là. Elle était très belle avec son plumage noir et blanc et sa longue queue noire. Elle était très bavarde et toujours au courant de tout.

- *C'est une guerre mondiale*, dit-elle avant de s'envoler.

"A global war" repeated Koko who did not really understand what that meant.

He felt like a stranger in his own country. He left the *Champs Elysées* to perch on the top of a tree on a narrow street. An old lady was there with a lot of packages at her feet and she was talking on her mobile phone. Soon two men arrived to help her with all her stuff.

She was carrying so much toilet paper

Elle transportait beaucoup de papier toilette

- *C'est une guerre mondiale, dit-elle avant de s'envoler.*

- *Une guerre mondiale, répéta Koko qui ne comprenait pas vraiment ce qu'elle voulait dire.*

Il avait l'impression d'être un étranger dans sa propre ville.

Il quitta les Champs Elysées pour se percher sur un arbre dans une petite rue. Une vieille femme, avec beaucoup de paquets posés à ses pieds, téléphonait avec son smart phone. Deux hommes arrivèrent pour l'aider à porter tous ses paquets.

She was carrying a lot of toilet paper!

Why was she carrying so much toilet paper? Koko wondered.

He did not understand why? But he thought maybe very soon there would be a shortage of toilet paper!

Kiki the magpie came back.

"There is a pandemic called covit-19 which came from China and was caused by a bat or a pangolin. People don't really know, but the cause for now they just guess." Kiki said.

A pangolin/un pangolin

A bat / une chauve-souris

Elle transportait beaucoup de papier toilette.

Mais pourquoi transportait-elle autant de papier toilette ! Se demanda-t-il.

Il ne comprenait pas pourquoi ? Mais il pensa que peut-être, bientôt, il n'y aurait plus de papier de toilette nulle part.

Kiki la pie est revenue.

- C'est une pandémique appelée le Covid-19 qui est arrivée de Chine et qui a été causée par une chauve-souris ou un pangolin, les gens ne savent pas vraiment mais ils pensent que c'est ça, lui dit Kiki.

Chinese people

"Chinese people eat everything with legs except tables and chairs" Koko joked.

"That's true." Kiki replied.

"A bat, a pangolin, which are only small mammals, how could they have been able to start a world war? Human beings are so strong, so numerous, and so clever!" Koko said.

"Well, I don't really know, I am just a little bird with a small brain like you!"

"Maybe human beings are just able to fight again a visible enemy and not an invisible enemy like virus."

"Perhaps you are right."

- Les chinois ils mangent tout ce qui à des pattes, sauf les tables et les chaises, plaisanta Koko.

- Ça c'est bien vrai, répondit Kiki.

- Une chauve-souris, un pangolin, ce ne sont là que des petits mammifères, comment ont-ils pu déclancher une guerre mondiale ! Les humains ils sont costauds, ils sont nombreux, et ils sont intelligents ! répliqua Koko.

- Je ne sais pas, je suis comme toi qu'un petit oiseau avec une petite cervelle !

- Après tout peut-être que les humains sont juste bons à se battre contre un ennemi visible mais pas contre un ennemi invisible comme ce virus.

- Tu as peut-être bien raison.

Les chinois

"I am just a little sparrow but I have got common sense. I am not stupid; I travel by myself, go very far, and find my way back home by myself."

"That's true." Kiki agreed.

"You know, now that human beings are all equal, rich or poor, handsome or ugly, slim or fat, young or old, they all have to stay home. The pandemic confines everyone. They all have to follow medical rules to protect themselves as well as others. They have no choice.

"That's true. Even the very rich ones have to stay home if they don't want to die" Kiki agreed.

"For sure there, it is going to be, a way of life before and an after covid-19," sighed Koko.

"I am not so sure. It is said that what is bred in the bone cannot come out of the flesh." Kiki said.

"I don't know. Let's go to the *Champ de Mars* to see if the *Eiffel Tower* is still there." Koko answered.

- Je ne suis qu'un petit moineau mais j'ai du bon sens. Je ne suis pas stupide. Je voyage seul, je vais très loin, et je retrouve bien mon chemin pour revenir.

- Ça c'est vrai, répondit Kiki.

- Tu sais que maintenant, les humains sont tous égaux, riches ou pauvres, beaux ou moches, minces ou gros, jeunes ou vieux, ils doivent tous rester chez eux. La pandémie ne fait pas de différence. Ils doivent tous suivre les instructions sanitaires pour se protéger et protéger les autres. Ils n'ont pas le choix.

- C'est bien vrai. Mêmes les riches ils doivent rester cloîtrés s'ils ne veulent pas mourir, dit Kiki.

- C'est sûr que pour eux il y aura un avant et après covid-19, soupira Koko.

- Tu dis vrai, approuva Kiki.

- Allons au Champ de Mars voir si la Tour Eiffel est toujours là, répondit Koko.

Koko on the top of the Eiffel Tower

Then they went to the *Champ de Mars* which was empty, with no strollers, no runners, nobody was there. The *Eiffel Tower* was still there but was closed. Usually a lot of tourists were queuing to go up to the top of it, but not that day. Koko perched on the top of the *iron lady*, the nickname for the *Eiffel Tower*.

Ils s'envolèrent pour le Champ de Mars qui était désert, aucun promeneur, aucun coureur, personne. La Tour Eiffel était bien là mais elle était fermée. D'habitude il y avait toujours beaucoup de touristes qui faisaient la queue pour monter, mais pas ce jour-là. Koko se percha au sommet de la Dame de Fer, surnom que l'on donne à la Tour Eiffel.

Koko au sommet de la Tour Eiffel

He looked around him, and on the *river Seine,* there was no *Bateaux Mouche.* That was very strange. He felt very sad. He loved to follow the boats on the river because the tourists on them were very nice to him. They always gave him some sweets and he pecked happily.

The pigeons were there also and they were not happy at all. They did not coo.

The pigeons did not coo

Les pigeons ne roucoulaient plus

Il regarda autour de lui, et sur la Seine il n'y avait aucun Bateaux Mouche. C'était très étrange. Il se sentit bien triste, il aimait suivre les bateaux sur le fleuve car les touristes étaient très gentils avec lui, ils lui donnaient toujours quelques friandises qu'il picorait joyeusement pour satisfaire son petit estomac.

Les pigeons étaient là, et ils n'étaient pas contents. Ils ne roucoulaient plus.

The old man hardly saw the pigeons

An old man was not there anymore to feed them. The pigeons have to find their food by themselves. Now even for them life was difficult. They were city pigeons, and usually, they did not have to go far for finding their food. People fed them everyday even if that was forbidden. But suddenly their life had changed, and they were not prepared for the Covid-19 like human beings, they had to change their habits. They had to find their food by themselves. That was new for them.

Le vieil homme n'était plus là pour les nourrir. Les pigeons devaient trouver leur nourriture tout seul. La vie était difficile même pour eux. Ils étaient des oiseaux des villes, et normalement, ils n'avaient pas à aller très loin pour trouver de quoi manger. Les gens les nourrissaient tous les jours même si c'était défendu. Soudain leur vie avait changé, et ils n'étaient pas préparés eux non plus au Covid-19, car ils devaient changer leurs habitudes. Ils devaient trouver leur nourriture par eux-mêmes, et c'était tout nouveau pour eux.

Le vieil homme ne se souciait pas des pigeons

The old man was passing by

An old man who formerly fed the pigeons was passing by with his trolley, to go shopping. He was wearing a mask and some gloves to protect himself against this invisible enemy. He did not look around him. He was walking fast to avoid catching the virus. He hardly saw the pigeons. He did not have time to feed them anymore. He tried to keep himself safe and never mind the pigeons.

Le vieil homme passa bien par là avec son Caddy, il allait faire ses courses. Il portait un masque et des gants pour se protéger contre cet ennemi invisible. Il ne regardait pas autour de lui. Il marchait vite car il ne voulait pas attraper le virus. Il ne se souciait pas des pigeons car il n'avait plus le temps de les nourrir. Il ne pensait plus qu'à sauver sa vie, et tant pis pour les pigeons.

Le vieil homme passait

Dustmen came every day

The dustmen came every day to collect all the garbage, so streets were clean. The pigeons, ravens, and rats roamed everywhere but they did not find anything to nibble.

Les éboueurs passaient tous les jours pour ramasser les poubelles, et les rues étaient propres. Les pigeons, les corbeaux et les rats rôdaient çà et là mais ils ne trouvaient rien à grignoter.

Les éboueurs passaient tous les jours

147

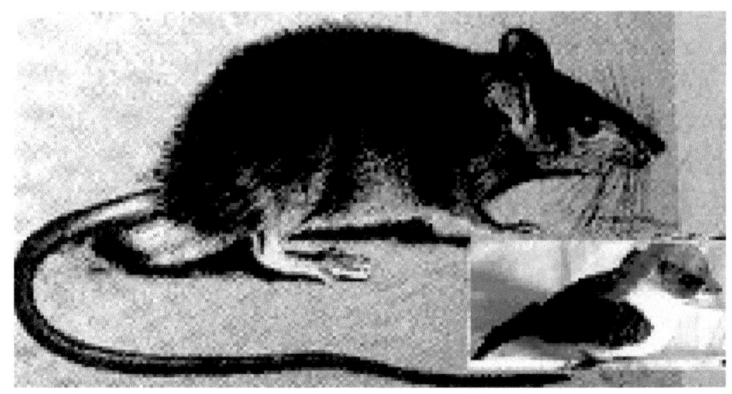

In gardens rats were looking for food

In gardens rats were looking for food. They were running from one shrub to another. They were hundreds of thousands of them and very aggressive.

"Go away rats, all of you, you bring the plague to people" Koko yelled.

"We don't anymore that was long time ago" answered one of them.

"Never mind you still are very dangerous to human beings, they have the Corona virus to deal with and they don't need to catch the plague from you as well."

"Go away small sparrow because if not I am so hungry I will swallow you alive." The rat said.

Alors les rats cherchaient de la nourriture dans les jardins publics. Ils couraient d'un talus à un autre. Ils étaient des centaines et des milliers très agressifs.

- Partez les rats, partez tous, vous apportez la peste aux humains, Koko cria.

- Non plus maintenant, ça c'était il y a très longtemps, répondit l'un d'eux.

- Peu importe, vous êtes dangereux pour les gens, ils ont déjà le Corona virus ils n'ont pas besoin d'attraper la peste en plus.

- Sauve-toi petit moineau sinon je vais t'avaler tout cru car j'ai très faim, dit le rat.

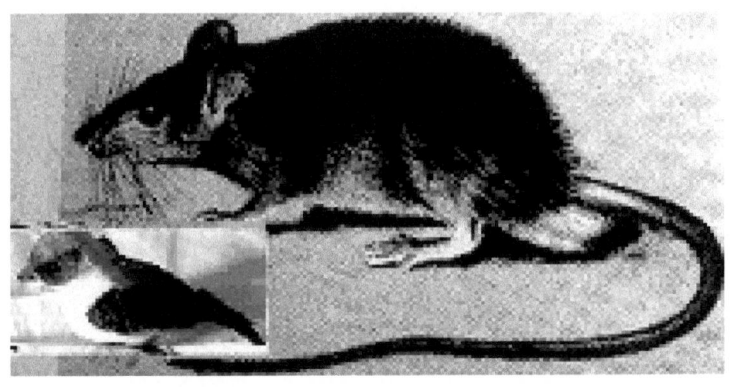

Les rats cherchaient de la nourriture

People clapped hands at their windows

Koko didn't argue anymore and flew away to perch on a balcony.

After a while the sun set and the day ended little by little.

Suddenly, at 8 p.m. precisely, people opened their windows and they clapped their hands to support people like nurses, doctors, and medical ones, working to save patients. These workers were brave enough to face the danger. They were not afraid to be contaminated by this ferocious virus. They were heroic and they needed to be applauded even though they were doing their duties.

Koko ne répondit pas et il s'envola pour se percher sur un balcon.

Un peu plus tard le soleil se coucha et peu à peu la nuit tomba sur la ville.

Soudain, à 20 heures précisément, les gens ouvrirent leurs fenêtres et ils applaudirent pour soutenir les infirmières, les docteurs, et tout le personnel médical qui continuaient à travailler pour sauver des patients. Ils étaient ceux qui étaient assez courageux pour affronter le danger, ceux qui n'avaient pas peur d'être contaminés par ce virus si féroce. Ils étaient héroïques, et ils méritaient d'être applaudis même si c'était leur devoir de soigner les gens.

Les gens applaudirent à leurs fenêtres

The postman came

The next morning, the postman came on a bicycle to deliver letters to people.

"You are a brave man," said Koko.

"I have no choice, I have to do my duty" answered the postman who wore a mask and gloves to protect himself against this invisible dreadful enemy.

Le lendemain matin le facteur passa avec sa bicyclette pour distribuer le courier.

- Vous êtes un homme brave, lui dit Koko.

- Je n'ai pas le choix. Je dois faire mon travail, répondit le facteur qui portait lui aussi un masque et des gants pour se protéger de cet épouvantable ennemi invisible.

Le facteur passa

Life was continuing but not normal. The sky was blue, but people did not look very happy even though they did not have to go to work. It was not a holiday for them it was a confinement, a lock down, and they did not know for how long that would be.

A family was passing by with it lovely little dog.

"You look very happy" Koko said to the dog.

A family was passing by

Une famille passait par là

La vie continuait malgré tout. Le ciel était bleu mais les gens n'avaient pas l'air très heureux même s'ils ne devaient pas aller travailler. Ce n'était pas des vacances pour eux, c'était le confinement, et ils ne savaient même pas combien de temps ça allait durer.

Une famille passait par là avec un charmant petit chien.

- Tu as vraiment l'air heureux, Koko dit au chien.

"Of course, I am fine, because now all day long I am not alone by myself. I have my master to play with, and he plays with me all the time, and also, he walks me outside a few times a day, not only in the morning and in the evening like he used to do before. That is a big change. I have company, so I don't feel lonely anymore."

"Are you afraid to catch the virus?" Koko asked.

"No, like you, we are not human beings. We don't have to care about it, since we are safe."

"I feel sorry for the humans because I like them very much. They feed me all the time with crumbs to peck."

"Well, it is not the same for me, because I am quite lucky my master gives me sweets all the time now," the dog barked happily.

"You are very lucky." Koko sighed.

The dog went away waggled his tail and followed his kind master.

- *Bien sûr que je suis content, maintenant je ne suis plus seul toute la journée. Je peux jouer avec mon maître, il joue avec moi tout le temps, et aussi, il me promène plusieurs fois par jour, pas seulement le matin et le soir comme il le faisait avant. Ça change vraiment pour moi. J'ai de la compagnie, je ne me sens plus seul.*

- *As-tu peur d'attraper le virus ? Lui demanda Koko.*

- *Non, moi c'est comme toi, nous ne sommes pas des humains, nous n'avons pas à faire attention, c'est sûr que nous n'avons rien à craindre.*

- *Je suis désolé pour les gens car je les aime bien. Ils me donnent toujours des petites miettes à picorer.*

- *Ce n'est pas pareil pour moi, car maintenant je suis un petit veinard, mon maître me donne tout le temps des friandises, aboya joyeusement le chien.*

- *Tu as vraiment de la chance, soupira Koko.*

Le chien s'éloigna gentiment en suivant son maître, et en remuant la queue.

After a little while, a police car stopped to see if people had a document to go out. If they did not have one, they had to pay a fine. Even if it was only to walk their dog, people needed the document. Koko felt lucky because he did not need one.

A police car stopped

Now birds could fly freely without being afraid of being crushed by cars, motorbikes, or scooters. They could sing happily. Even parakeets with their lovely green feathers could be heard in gardens with happy songs.

Quelques instants plus tard, une voiture de police stoppa pour contrôler les gens qui devaient avoir sur eux une dérogation de sortie. S'ils n'en avaient pas, ils payaient une forte amende. Même si ce n'était que quelques minutes pour promener leur chien.

Une voiture de police stoppa

Koko se sentit privilégié car il n'en n'avait pas besoin. Les oiseaux maintenant avaient l'espace libre, ils pouvaient voler librement sans avoir peur de se faire écraser par les voitures, les motos ou les scooters. Ils pouvaient chanter en toute liberté. Même les perruches avec leurs belles plumes vertes avaient fait leur apparition. On pouvait entendre leurs chants joyeux dans les jardins.

The children were playing joyfully again

A few weeks later, the lock down was over, everything changed. People were still wearing masks to cover their nose and mouth to protect them, but the evenings, there were no more thunders of applause at windows to support medical carers. The streets were busy again, the motorbikes, the cars were running making a lot of noise, and the children were playing joyfully again.

Quelques semaines plus tard, le confinement était fini, tout changea. Bien que les gens portaient toujours un masque pour couvrir leur bouche et leur nez pour être protégés du virus, le soir nous n'entendions plus les applaudissements pour soutenir le personnel hospitalier. Les rues étaient animées, les motos, les scooters, les autos roulaient bruyamment, et à nouveau, les enfants jouaient librement dans les parcs.

Les enfants jouaient à nouveau joyeusement

Koko looked down at the beautiful red roses

Koko perched on the top of *the Eiffel Tower* and looked down at the beautiful red roses shining under the sun.

Koko se percha au sommet de la tour Eiffel, et il vit tout en bas les magnifiques roses rouges qui brillaient au soleil.

Koko vit tout en bas les magnifiques roses rouges

Paris was not locked down anymore. People could walk, and they could go where they felt like going. The lovely sounds of birds singing happily seemed to disappear, but the Covid-19 was defeated. And people were free again. Paris was released.

At last, the war against the Covid-19 appeared to be over but for how long! And that nobody knew.

THE END

Paris n'était plus confiné. Les gens pouvaient marcher, et aller où ils en avaient envie. Les chants des oiseaux, qui avant, résonnaient joyeusement dans la ville avaient presque disparus, mais le Covid-19 était vaincu. À nouveau, les gens étaient libres. Paris était libéré.

Et enfin la guerre contre le Covid-19 semblait être vaincue mais pour combien de temps encore ! Et ça personne ne le savait.

FIN

Koko the little sparrow was at the airport. He perched on top of a huge pile of suitcases, and was thrown in the middle of the luggage about to leave for Bulgaria.

When he arrived in Bulgaria, a cat was waiting with an empty stomach. He saw Koko getting out of the plane and he thought it was a gift from heaven falling down for him.

The cat is an ominous cat, who puts a spell on birds before swallowing them, said Pollux a lovely dog who was becoming his friend.

And when Koko went back to Paris, he was very surprised because not one of his friends was waiting to welcome him.

Sylvia Floriane went around the world. She put down her backpack for a while, and now it is Koko the small sparrow's turn to travel. She would like to make children as well as adults read about Koko's adventures with the fragile, lovely, reckless little bird.

Koko le petit moineau était à l'aéroport. Il se posa sur un énorme tas de valises, et il fut projeté au beau milieu des bagages en partance pour la Bulgarie.

Tout là-bas, un chat attendait le ventre vide. Il vit Koko sortir de l'avion et il pensa aussitôt que c'était un beau cadeau du ciel qui lui tombait devant le nez.

Ce chat est un chat de mauvais augure, il jette des sorts aux oiseaux avant de les avaler, dit Pollux un gentil petit chien qui allait devenir son ami.

Et lorsque Koko revint à Paris il fut très surpris de voir qu'aucun de ses amis était là pour l'accueillir.

Sylvia Floriane a fait le tour du monde. Elle pose son sac à dos pour quelques temps, et maintenant c'est Koko le petit moineau qui voyage à son tour. Elle veut faire rêver les enfants, et pourquoi pas les adultes, en les invitant à lire les aventures de Koko qui est un petit être fragile, sympathique, et aventureux.